詞語硬筆

·習字帖·

小學二年級

新雅文化事業有限公司
www.sunya.com.hk

目錄

正確的執筆方法和寫字姿勢

正確的執筆方法

1. 用拇指和食指的第一指節前端執筆，用中指的第一指節側上部托住筆。
2. 大拇指、食指和中指自然彎曲地執筆，無名指和小指則自然地彎曲靠在中指下方。
3. 筆桿的上端斜斜地靠在食指的最高關節處，筆桿和紙面約成50度角。
4. 執筆的指尖離筆尖約 3 厘米左右。
5. 手腕伸直，不能扭向內側。
6. 總括而言，執筆要做到「指實掌虛」，即是：手指執筆要實，掌心要中空，小指不能碰到手心。

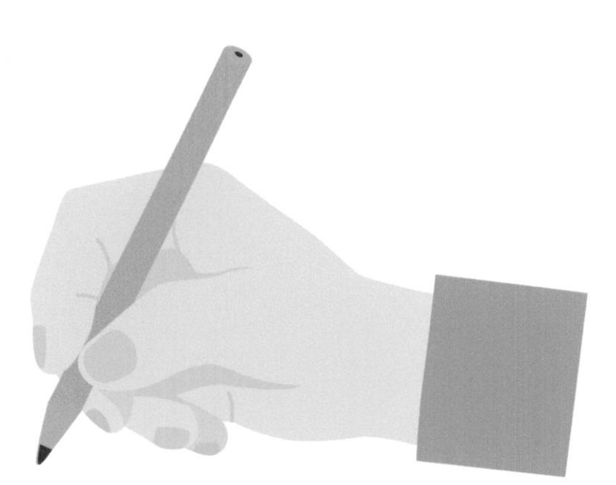

正確的寫字姿勢

1. **頭要正**：書寫時頭要放正，不能向左或向右偏側，並略向前傾，眼睛距離書本一呎（大約 30 厘米）左右。
2. **身要直**：胸膛挺起，腰背伸直，胸口距離書桌邊約一個拳頭位（大約 10 厘米）左右。
3. **肩要平**：兩肩齊平，不能一邊高，一邊低。
4. **兩臂張開**：兩臂自然地張開，伸開左手的五隻手指按住紙，右手書寫。如果是用左手寫字的，則左右手功能相反。
5. **雙腳平放**：雙腳自然地平放在地上，兩腳之間的距離與肩同寬，腳尖和腳跟同時踏在地上。

漢字的筆畫和寫法

筆畫

漢字筆畫的基本形式是點和線，點和線構成漢字的不同形體。

漢字的主要筆畫有以下八種：

筆畫名稱	點	橫	豎	撇	捺	挑	鈎	折
筆形	丶	一	丨	丿	㇏	㇀	亅	㇆

筆畫的寫法

筆畫名稱	筆形	寫法
點	丶	從左上向右下，起筆時稍輕，收筆時慢一點，重一點。
橫	一	從左到右，用力一致，全面平直，略向上斜。
豎	丨	從上到下，用力一致，向下垂直。
撇	丿	從右上撇向左下，略斜，起筆稍重，收筆要輕。
捺	㇏	從左上到右下，起筆稍輕，以後漸漸加重，再輕輕提起。
挑	㇀	從左下向右上，起筆稍重，提筆要輕而快。
鈎	亅	從上到下寫豎，作鈎時筆稍停頓一下，再向上鈎出，提筆要輕快。
折	㇆	從左到右再折向下，到折的地方稍微停頓一下，再折返向下。

以上的八種基本筆畫還可以互相組成複合筆畫，例如豎橫（ㄴ）、橫撇（㇇）、捺鈎（㇃）、撇點（㇛）、豎挑（㇙）等。

郊遊

筆順：

丶 亠 六 六 ⿱六丿 交 交⁊ 交阝 郊

丶 亠 方 方 方丿 方𠂉 㫃 斿 斿 ⺀斿 氵斿 游 遊

郊	遊	郊	遊	郊	遊		

假期

筆順：

丿 亻 亻⼁ 亻⼁ 亻⼁ 亻⼁ 亻⼁ 亻⼁ 亻⼁ 假 假

一 十 卄 廾 甘 甘 其 其 其 期 期 期

假	期	假	期	假	期		

郊遊篇 天氣篇 成長篇 校園篇 運動篇 行為篇 新春篇 飲食篇 城市篇

風景

筆順：

丿 几 凡 … 風

丨 … 景

風	景	風	景	風	景		

沙灘

筆順：

丶 … 沙

丶 … 灘

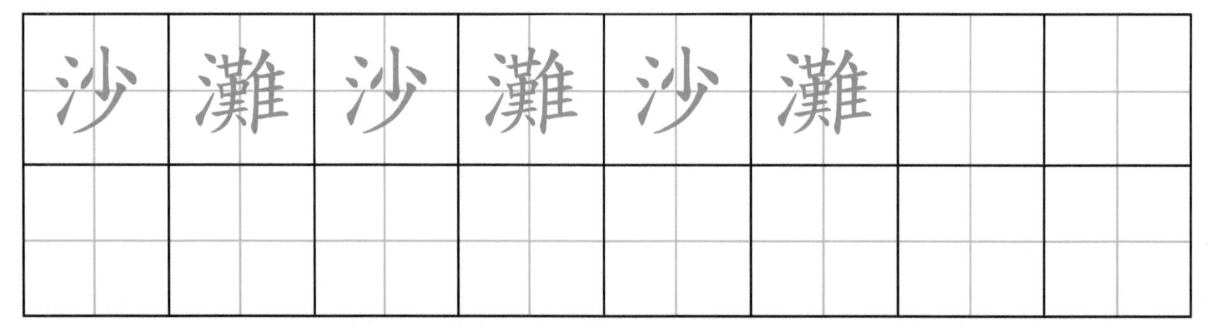

沙	灘	沙	灘	沙	灘		

貝殼

筆順：

丨 冂 冃 月 目 貝 貝

一 十 士 𡈼 声 壳 壳 壳 壳 殸 殸 殼

貝	殼	貝	殼	貝	殼		

蜻蜓

筆順：

丨 口 口 中 虫 虫 虫 虫 虫 虫 蜻 蜻 蜻 蜻

丨 口 口 中 虫 虫 虫 虫 虫 虫 虫 蜓 蜓

蜻	蜓	蜻	蜓	蜻	蜓		

郊遊篇
天氣篇
成長篇
校園篇
運動篇
行為篇
新春篇
飲食篇
城市篇

蝴蝶

筆順：

蝴	蝶	蝴	蝶	蝴	蝶		

枝葉

筆順：

一 十 才 木 木 朩 枝 枝

葉

枝	葉	枝	葉	枝	葉		

清新

筆順：

丶 冫 氵 汀 氵 氵 沣 沣 清 清 清

丶 亠 亠 亣 立 立 辛 辛 亲 亲 新 新 新

清	新	清	新	清	新		

茂密

筆順：

一 十 艹 艹 艹 芦 芃 茂 茂

丶 八 宀 宀 宓 宓 宓 宻 宻 密 密

茂	密	茂	密	茂	密		

炎熱

筆順：

炎

熱 熱 熱

炎	熱	炎	熱	炎	熱		

寒冷

筆順：

寒

冷

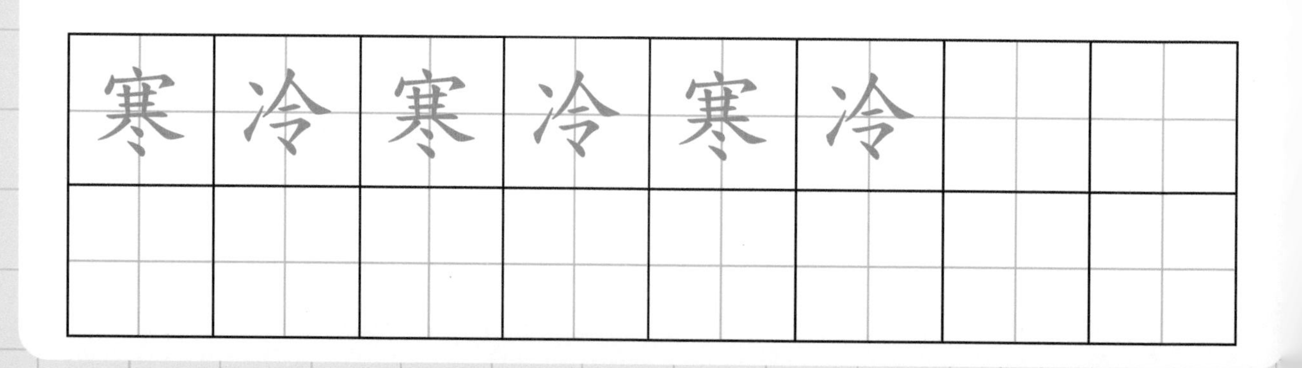

暖和

筆順：

丨 冂 日 日 日ˊ 日ˊ 日ˊ 日〃 日爫 日爫 日爫 暖 暖

丿 二 千 禾 禾 禾 和 和

暖	和	暖	和	暖	和		

涼快

筆順：

丶 冫 氵 氵 氵 氵 氵 氵 氵 涼 涼

丶 丨 忄 忄 忄 快 快

涼	快	涼	快	涼	快		

晴朗

筆順：

丨 𠃊 月 日 日一 日二 日丰 日丰 晴 晴 晴 晴

丶 ㇇ ㇇ 彐 ⺻ 良 良 朗 朗 朗

晴	朗	晴	朗	晴	朗		

陰天

筆順：

㇇ 阝 阝 阝 阶 阶 阶 险 陰 陰 陰

一 二 于 天

陰	天	陰	天	陰	天		

狂風

筆順：

丿 犭 犭 犭 犴 犴 狂

丿 几 凡 凡 凤 凤 風 風 風

狂	風	狂	風	狂	風		

烏雲

筆順：

丿 亻 户 户 户 烏 烏 烏 烏 烏

一 ⺁ 𠂉 雨 雨 雨 雨 雨 雨 雲 雲 雲

烏	雲	烏	雲	烏	雲		

閃電

筆順：

丨 𠃌 ㇅ 戶 戶 門 門 門 閂 閃

一 丆 冖 帀 帀 帀 帀 帀 雨 雨 雨 雷 電

閃	電	閃	電	閃	電		

雷雨

筆順：

一 丆 冖 帀 帀 帀 帀 帀 雨 雨 雨 雷 雷

一 丆 冂 帀 币 雨 雨 雨

雷	雨	雷	雨	雷	雨		

以前

筆順：

丨 𠄌 𠃊 以 以

丶 丷 䒑 䒑 前 前 前 前 前

以	前	以	前	以	前		

現在

筆順：

一 二 干 王 王 玑 玥 玥 珇 現 現

一 ナ 𠂇 仁 存 在

現	在	現	在	現	在		

身高

筆順：

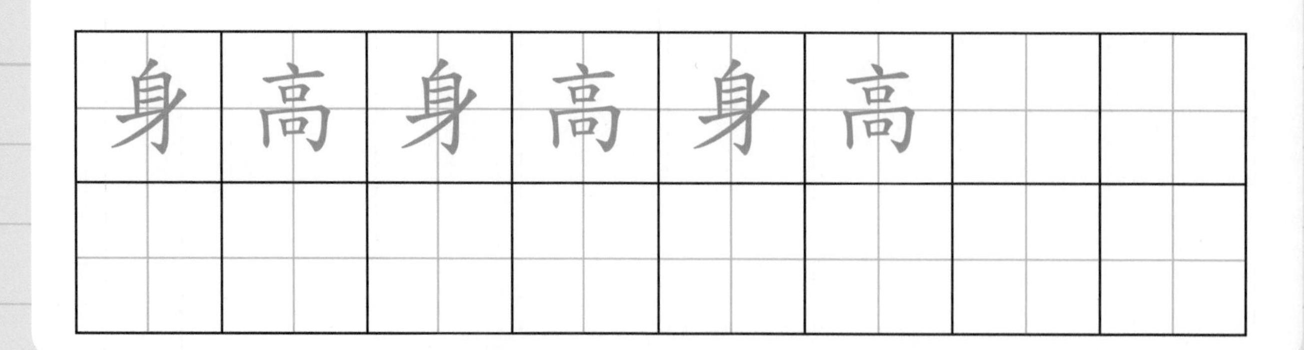

體重

筆順：

體	重	體	重	體	重		

害怕

筆順：

丶 丷 宀 宀 宇 宔 宔 宔 害 害

丶 忄 忄 忄 忄 怕 怕 怕

害	怕	害	怕	害	怕		

勇敢

筆順：

乛 乛 乛 乛 乛 乛 甬 甬 勇

一 丅 工 干 干 干 百 百 耳 耳 耵 敢

勇	敢	勇	敢	勇	敢		

頑皮

筆順：

一 二 于 元 元 元 元 元 元 頑 頑 頑
頑

一 厂 广 皮 皮

頑	皮	頑	皮	頑	皮		

乖巧

筆順：

一 二 千 千 千 乖 乖 乖

一 丅 工 工 巧

乖	巧	乖	巧	乖	巧		

活潑

筆順：

丶 丶 氵 氵 汇 汗 汘 活 活

丶 丶 氵 氵 氵 氵 氵 氵 氵 氵 氵 氵 潑 潑 潑

活	潑	活	潑	活	潑		

安靜

筆順：

丶 丶 宀 安 安 安

一 = 丰 丰 丰 青 青 青 青 青 青 青 靜 靜 靜 靜

安	靜	安	靜	安	靜		

郊遊篇 天氣篇 成長篇 校園篇 運動篇 行為篇 新春篇 飲食篇 城市篇

校園

筆順：

一 十 才 木 木 杧 杧 杧 杪 校

丨 冂 冂 冂 冂 冂 冂 冂 冂 冂 冂 冂 園

校	園	校	園	校	園		

禮堂

筆順：

丶 ㇇ 礻 礻 礻 礻 礻 礻 礻 礻 礻 礻 礻 礻 礻 礻 禮

丨 丨 丬 丬 ⺌ 㞢 当 当 尚 堂 堂

禮	堂	禮	堂	禮	堂		

操場

筆順：

操	場	操	場	操	場		

圖書

筆順：

圖	書	圖	書	圖	書		

閱讀

筆順：

丨 𠃍 ㄕ 户 户 門 門 門 門 門 門 門
門 閃 閱

丶 亠 亠 亖 言 言 言 訁 訁 訁 訁 訁
訁 訁 訁 訁 讀 讀 讀 讀 讀 讀

閱	讀	閱	讀	閱	讀		

繪畫

筆順：

𠃋 幺 幺 糸 糸 糸 糸 紒 紒 紒 紒 紒
紒 絵 絵 繪 繪 繪 繪

𠃍 ⺕ ⺕ 聿 聿 聿 聿 書 書 書 畫 畫

繪	畫	繪	畫	繪	畫		

美術

筆順：

美	術	美	術	美	術		

數學

筆順：

數	學	數	學	數	學		

音樂

筆順：

丶 亠 亠 立 立 产 产 音 音

白 白 白 白 白 ㄠ白 幺白 幺白 幺白 幺白幺 幺白幺 丝白幺

樂 樂 樂

音	樂	音	樂	音	樂		

電腦

筆順：

一 𠂆 ⼀ 雨 雨 雨 雨 雨 雨 雨 雨 雨

電

丿 月 月 月 月 月 月 月 月 月 腦 腦

腦

電	腦	電	腦	電	腦		

運動

筆順：

丿 冖 冖 冖 冖 冖 冖 冝 軍 軍 運 運 運

丿 二 千 千 千 千 亩 重 重 動 動

運	動	運	動	運	動		

健康

筆順：

丿 亻 亻 亻 亻 亻 亻 律 律 健 健

丶 亠 广 户 户 户 庚 庚 庚 康 康

健	康	健	康	健	康		

跑步

筆順：

丨 ㄇ 口 ⻊ ⻊ ⻊ ⻊ ⻊ 趵 趵 趵 跑

丨 ⺊ 止 止 止 歨 步

跑	步	跑	步	跑	步		

爬山

筆順：

丿 ⺁ 爪 爪 爪 爬 爬 爬

丨 山 山

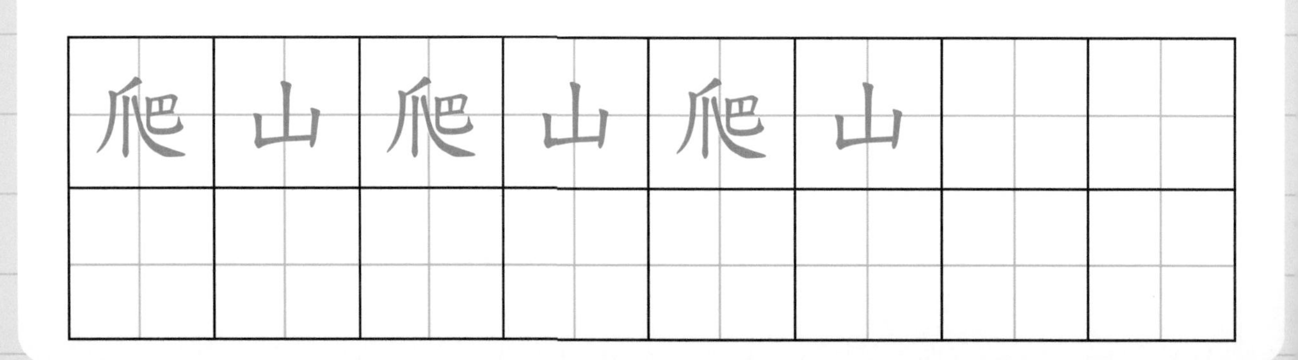

爬	山	爬	山	爬	山		

游泳

筆順：

丶 冫 氵 氵 氵 汸 汸 汸 汸 游 游 游

丶 冫 氵 氵 汀 汈 泳 泳

游	泳	游	泳	游	泳		

足球

筆順：

丨 冂 口 口 早 𤴓 足

一 二 干 王 王 玎 玎 玎 玎 球 球

足	球	足	球	足	球		

籃球

筆順：

丿 𠂉 𥫗 ... 籃

一 二 𠄌 王 玗 玗 玗 球 球 球

籃	球	籃	球	籃	球		

毽子

筆順：

毽

了 子

毽	子	毽	子	毽	子		

比賽

筆順：

比

賽

比	賽	比	賽	比	賽		

鍛煉

筆順：

鍛

煉

鍛	煉	鍛	煉	鍛	煉		

準時

筆順：

丶 冫 氵 氵 汁 汁 汁 汻 㴖 淮 淮 進 準

丨 冂 日 日 日 日 日 昞 時 時

準	時	準	時	準	時		

遵守

筆順：

丶 丷 䒑 亠 亣 酋 酋 酋 酋 酋 尊 尊 尊 導 導 遵

丶 丷 宀 宀 守 守

遵	守	遵	守	遵	守		

規則

筆順：

一 二 扌 夫 夫 扣 扣 担 担 担 規

丨 冂 冃 月 目 月 貝 貝 則

規	則	規	則	規	則		

收拾

筆順：

丨 丩 丩 屮 收 收

一 十 扌 扌 扒 扴 拎 拾 拾

收	拾	收	拾	收	拾		

郊遊篇
天氣篇
成長篇
校園篇
運動篇
行為篇
新春篇
飲食篇
城市篇

習慣

筆順：

習	慣	習	慣	習	慣		

自覺

筆順：

自	覺	自	覺	自	覺		

專心

筆順：

一 ㄏ 冂 日 亘 亘 車 車 叀 叀 專

丶 心 心 心

專	心	專	心	專	心		

友愛

筆順：

一 ナ 方 友

愛

友	愛	友	愛	友	愛		

禮貌

筆順：

禮

貌

禮	貌	禮	貌	禮	貌		

責任

筆順：

一 二 青 青 青 青 責 責

丿 亻 仁 任 任

責	任	責	任	責	任		

農曆

筆順：

丨 冂 … 農

一 厂 厂 … 曆

農	曆	農	曆	農	曆		

除夕

筆順：

阝 … 除

丿 ク 夕

除	夕	除	夕	除	夕		

團圓

筆順：

丨 冂 冂 冂 冋 冋 冋 囗 囗 囗 囗 團 團 團

丨 冂 冂 冂 冂 冂 冃 冃 冃 冒 員 員 圓

團	圓	團	圓	團	圓		

煙花

筆順：

丶 丷 火 火 灬 灬 炉 炉 烟 烟 烟 煙 煙

一 十 艹 艹 艹 芀 芲 花

煙	花	煙	花	煙	花		

揮春

筆順：

一 十 扌 … 揮

一 二 三 … 春

揮	春	揮	春	揮	春		

迎接

筆順：

… 迎

一 十 扌 … 接

迎	接	迎	接	迎	接		

拜年

筆順：

丿 二 三 手 手 手 手 手 拜

丿 𠂉 𠂉 𠂉 年 年

拜	年	拜	年	拜	年		

祝福

筆順：

丶 ㇇ 礻 礻 礻 祀 祀 祝 祝

丶 ㇇ 礻 礻 礻 礻 礻 礻 礻 福 福 福 福

祝	福	祝	福	祝	福		

傳説

筆順：

傳

説

傳	説	傳	説	傳	説		

舞獅

筆順：

舞

獅

舞	獅	舞	獅	舞	獅		

早餐

筆順：

丶 冂 日 日 旦 早

丨 卜 ⺊ 歺 歺 歺 㱼 𣦼 𣦼 𣦼 𣦼 𣦼 餐 餐 餐 餐

早	餐	早	餐	早	餐		

晚飯

筆順：

丨 冂 日 日 日′ 日⺈ 日⺈ 旳 旳 晚 晚

丿 𠂉 𠂉 今 今 今 𠂊 食 食 飣 飯 飯

晚	飯	晚	飯	晚	飯		

美食

筆順：

丶 丷 䒑 兰 ⺷ 羊 𦍌 美 美

丿 人 亼 今 今 今 𠆭 食 食

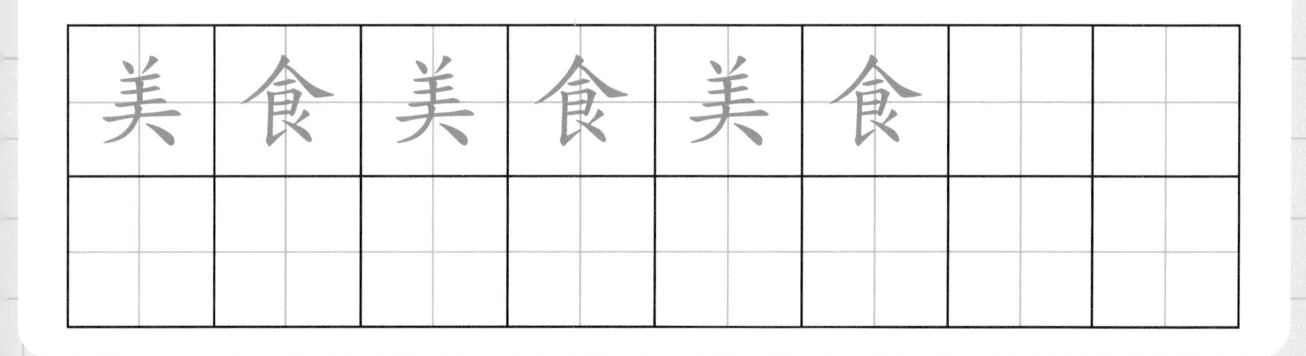

味道

筆順：

丨 冂 口 口一 口二 咔 味 味

丶 丷 䒑 丷 产 产 首 首 首 首 道 道 道

味	道	味	道	味	道		

郊遊篇
天氣篇
成長篇
校園篇
運動篇
行為篇
新春篇
飲食篇
城市篇

香甜

筆順：

香 (stroke order, 9 steps)

甜 (stroke order, 11 steps)

香	甜	香	甜	香	甜		

豐富

筆順：

豐 (stroke order, 18 steps)

富 (stroke order, 12 steps)

豐	富	豐	富	豐	富		

新鮮

筆順：

丶 亠 亠 亣 立 立 辛 辛 亲 亲 新 新

新

丿 ⺈ ⺈ 各 各 甪 角 魚 魚 魚 魚 魚

魚 魚 魚 鮮 鮮

新	鮮	新	鮮	新	鮮		

滿足

筆順：

丶 冫 氵 汁 汁 泄 泄 泄 满 滿 滿 滿

滿 滿

丨 口 口 早 早 足 足

滿	足	滿	足	滿	足		

郊遊篇 天氣篇 成長篇 校園篇 運動篇 行為篇 新春篇 飲食篇 城市篇

馬路

筆順：

一 厂 𠂆 𠂆 𠂆 馬 馬 馬 馬 馬

丶 口 口 ⻊ ⻊ ⻊ 𧾷 𧾷 跁 跂 跤 路

路

馬	路	馬	路	馬	路		

大廈

筆順：

一 ナ 大

丶 亠 广 广 广 广 庐 庐 庐 庐 庐 庐

廈

大	廈	大	廈	大	廈		

天橋

筆順：

一 二 于 天

一 十 才 木 木 术 桥 桥 桥 桥 橋 橋 橋 橋 橋 橋

天	橋	天	橋	天	橋		

街道

筆順：

丿 彳 彳 彳 彳 彳 徍 徍 街 街 街 街

丶 丷 丷 丷 丷 首 首 首 首 首 道 道 道

街	道	街	道	街	道		

商店

筆順：

丶 亠 亠 亣 产 产 产 产 商 商 商

丶 亠 广 广 广 广 店 店

商	店	商	店	商	店		

途人

筆順：

丿 人 亼 亼 全 余 余 余 途 途 途

丿 人

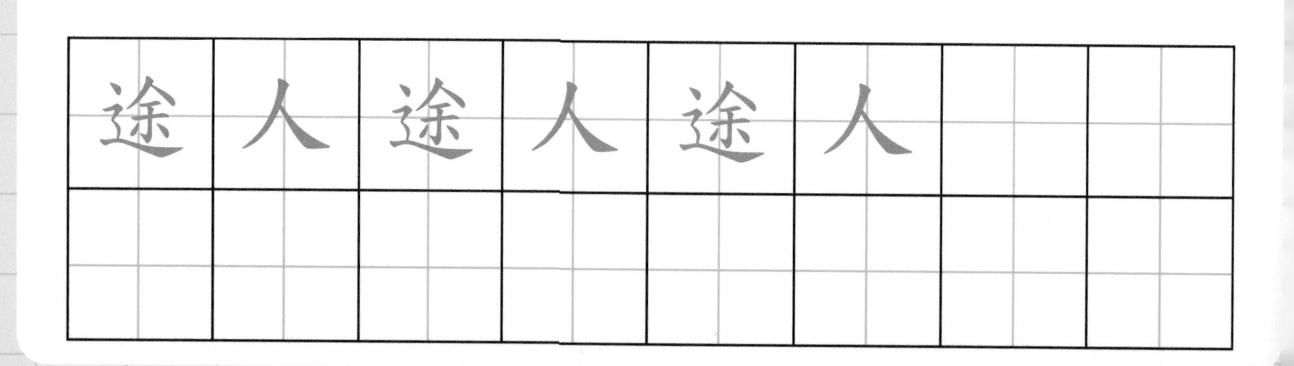

車站

筆順：

一 𠂆 𠃏 百 亘 亘 車

丶 亠 亠 亣 立 立 立卜 立卜 站 站

車	站	車	站	車	站		

交通

筆順：

丶 亠 广 六 交 交

𠃌 マ 乃 乃 月 甬 甬 甬 涌 涌 通

交	通	交	通	交	通		

詞語硬筆習字帖——小學二年級

編　　著：新雅編輯室
責任編輯：葉楚溶
繪　　圖：立雄
美術設計：鄭雅玲
出　　版：新雅文化事業有限公司
香港英皇道 499 號北角工業大廈 18 樓
電話：(852) 2138 7998
傳真：(852) 2597 4003
網址：http://www.sunya.com.hk
電郵：marketing@sunya.com.hk
發　　行：香港聯合書刊物流有限公司
香港荃灣德士古道 220-248 號荃灣工業中心 16 樓
電話：(852) 2150 2100
傳真：(852) 2407 3062
電郵：info@suplogistics.com.hk
印　　刷：中華商務彩色印刷有限公司
香港新界大埔汀麗路 36 號
版　　次：二〇二〇年七月初版
二〇二四年九月第四次印刷

ISBN: 978-962-08-7525-0

18/F, North Point Industrial Building, 499 King's Road, Hong Kong
Published in Hong Kong SAR, China
Printed in China